Jamen,

det er så svært

at gå på Vandet

om Sommeren,

Sagde hun

Henrik Neergaard

Jamen, det er så svært at gå på Vandet om Sommeren, Sagde hun

Jamen, det er så svært at gå på Vandet om Sommeren, Sagde hun

Copyright © Henrik Neergaard 2023

Forlag: BoD – Books on Demand, Hellerup, Danmark

Tryk: BoD – Books on Demand, Norderstedt, Tyskland

ISBN 9788743054412

Yderst i natten

På en blafrende gren af lys

Går vi til fest

Mens skyerne smiler

Over hele den oprørte himmel

Og vinden blæser og rusker

Og hyler

I en tilfældig skorsten

Eller måske noget andet

Mens regnen falder

Den drypper og siler

Trænger ind og gør våd

Men hvad gør ikke det

Mens vi går fremad

Og rundt om hinanden

Time for time

Skridt for skridt

Måske også lidt fordi

På den stamcafé

Eller hvad det nu er

Hvor vi kommer

Og kommer Og kommer Og kommer

Og kommer igen

Der smiler værtinderne

Så sødt, så sødt

Så man næsten tror

Det er løgn hvis man

Altså ikke ved bedre

Men det gør vi heldigvis

Det gør vi helt bestemt

Men

Hør lige et godt råd

Lad kortet ligge derhjemme

Tag ikke for mange penge med

For der er kun

HAPPY HOUR

Sådan cirka en time

Inden festen går i gang

Og folk begynder

At blive morsomme

Og slipper deres

Inderste farver løs

I en brusende strøm

Af ren charme

Og det hele slår sig løs

Ingen imponeres længere

Af det eller noget andet

Eller automatikken

Der kører som af sig selv

Den behøver kun

En smule smøremiddel

Henne fra disken

Undertiden bag disken

Eller under disken

Men det glemmer man hurtigt

For der er meget mere

Lystige ting at tænke på

Mens minutterne

De danser afsted

Uden hæmninger

I deres timelange workout

Og se bare der

deres vilde minutvals

i de afgørende øjeblikke

mens de dyreste

og de billigste løfter

trækkes energisk af og på

men hvad gør det

Lige meget hvad

Du siger, at lige meget hvad – – – du siger, at ligesom det her er ord, du siger, så står månen op i morgen. Du siger, at lige nu er to og to lige. Du siger, at lige det her er lidt for kringlet, for den eneste, der kan lave en ordentlig kringle, det er altså ham den gode bager i en af dine nærmeste sidegader.

Du siger, at lige før, så tog du en slapper, som en fluesnapper, som en salamander, som en kamæleon. Du siger, at ligesom gulerodsfrø kan købes overalt, især om foråret, så står der ikke ret meget i Ekstra-Bladet, og slet ikke om lørdagen.

Du siger, at lige nu har du mere lyst til en soft ice. Eller til at løbe på løbehjul. Du siger, at lige det her, det vil du huske, eller glemme. Du siger, at lige ud ad landevejen, ja hvorfor ikke, der kører så mange biler i overhalingsbanen. Du siger, at lige netop de her hjulspor er ikke helt lige, og du ville foretrække at få malet dine vinduer i en fart.

Du siger, at lige netop den her kop kaffe har du trængt til hele dagen og giver dig til at folde servietterne, meget omhyggeligt.

GÅR PÅ VANDET

Månen over byen

Katten i natten

Sporet i sneen hver vinter

Og du siger du elsker mig

Og derfor vil du lukkes ud af sækken nu
med det samme

Så du kan se, om det passer

Sneen ligger på isen

Og isen ligger på søen

Det er slet ikke noget problem

At gå på vandet

Bare man er en dygtig køleteknikker

Sådan sagde min fysiklærer

Han var altid så rationel

Og naturvidenskabelig

Jamen, det er så svært

At gå på vandet om sommeren

Sagde hun

Og så med højhælede sko

Og er det måske ikke om sommeren

Man har allermest brug for det

På fortovet Slås kragerne om et par
brødskorper

Her i min magelige stol

Piller jeg de gamle sår op

For at se om de er helet ordentligt

Digital byfest

Det var midt om natten. Det var mørkt udenfor. Der var stille. Det var fredag nat, på vej til at blive lørdag, men ikke en lyd hørtes. Ingen feststemte mennesker på vej hjem fra nattesjov. Det var lidt mærkeligt, tænkte hun. For der havde netop den dag været byfest. Men den sluttede pænt og ordentligt klokken 22, sådan som den skulle. Og folk havde opført sig eksemplarisk. Den var begyndt tidligt, allerede midt på eftermiddagen. Kl. 15-30, stod der i programmet. Og det var blevet overholdt. Måske var det derfor, den også var sluttet i god ro og orden på slaget 22. og så var de fleste åbenbart bare gået i seng for at sove. Det havde mest været en virtuel fest. Med computere, i-pads og storskærme. Og en masse andre ting af den slags, som hun end ikke kendte navnene på. Den tekniske udvikling gik stærkt. Selv var hun ikke nået længere end til computer, i-pad og smartphone. Det var endda en af de billige modeller. Og

15

en e-bogs læser. Sådan en havde hun også. Men hun var jo ikke tekniker.

Den måde at holde byfest på havde hun ikke prøvet før. Folks tv-apparater og smartphones havde spillet en væsentlig rolle. An kunne fx tage e selfie af sig selv hjemme i sin egen stue, i hel figur, og så sende det til en af storskærmene, der fx viste et billede af en af byens torve eller åbne pladser, hvor der var gang i den og masser af mennesker. Men ingen af den var der i virkeligheden. Det var alle sammen nogle, der taget en selfie hjemme i stuen og sendt den til billedet af den bestemte plads, hvor man i første omgang var med på totalbilledet, der blev vist på ens eget storskærms-tv derhjemme i stuen. Så kunne man klikke på en særlig app og pludselig skiftede billedet, så man så de andre på pladsen, som om man selv rigtig stod der, og de andre også gjorde det. Som om det billede, man så på tv-skærmen var filmet med et kamera, der svarede til ens egne øjne. Så man oplevede det, som om man rigtigt var der. Det måtte være svært at lave rent teknisk, tænkte hun, og teknikken var da heller ikke perfekt.

Men det var fantastisk, at det overhovedet kunne lade sig gøre. Man kunne så henvende sig til en af de andre og snakke med vedkommende via en særlig funktion på appen. Man talte jo bare i sin telefon, og den gjorde den anden også, men det var lavet, så det næsten virkede helt naturtro. Man kunne også danse med den anden. Men det var en alt for hurtig dans, kunne kameraet godt have lidt svært ved at følge med. Men det krævede gensidighed, at den anden var helt med på det. Man kunne ikke bare gribe fat i vedkommende og svinge ham eller hende rundt, sådan som man kunne ude i den gammeldags virkelige verden. Selv om det var lidt af en krænkelse at gøre det. Man skulle lige vænne sig til det, men det var nu faktisk ret sjovt, tænkte hun. Selv om det godt kunne virke lidt stift i begyndelsen. Men selve det uvante system og alle de små kiks og klodsede bevægelser, det meget nemt medførte, gav i sig selv en masse samtaleemner og små ting, man kunne gribe af sammen, så isen hurtigere blev brudt, hvis det var en, man ikke kendte, men som måske godt kunne have lidt potentiale. Og som pige behøvede man

17

ikke være bange for, at vedkommende pludselig skulle begynde at gramse løs eller kaste sug over en. Man kunne normalt forlade stedet bare ved at trykke på appen og så hoppe hen til et andet sted et helt andet sted i byen. Eller hjem til sig selv.

Det var jo faktisk en ret genial måde at holde byfest på i disse Corona-tider, tænkte hun. Det her var nok kun en prototype. Det var i hvert fald første gang, hun havde prøvet det, eller hørt om det. Så det ville sikkert hurtigt blive forbedret, så det var helt naturtro og også kunne klare hurtige og pludselige bevægelser. Hun opdagede pludselig at der var flere funktioner på appen end dem, hun først havde været klar over. Fx så ved hjælp af nogle elektroder på kroppen kunne mærke den andens berøringer. Men det krævede, at begge parter havde slået den funktion til. Og hvis myndighederne syntes, der var for meget larm og uro, så de ville kukke festen, så skulle de bare trykke på et par knapper, og alle blev øjeblikkelig sendt tilbage til deres egne stuer, og der var i løbet af et øjeblik nul mere fest.

Systemet kunne sikkert videreudvikles meget, men det var da fantastisk, at det overhovedet kunne lade sig gøre. Teknikken kunne jo også bruges mange andre steder, fx til undervisning, nok især i de større klasser og på de videregående uddannelser. Og til sportskampe og i forlystelseslivet. Og til store konferencer og den slags. Det sparede jo både tid og besvær med at en masse mennesker skulle bevæge sig hen til stedet, hvor det foregik, rent fysisk. Til gavn for miljøet. Rent bortset fra alt det med corona. Og hvis der var nogen, der savnede køreturen derhen i bil, eller flyrejsen eller togturen, så kunne det sikkert også laves, så man oplevede det virtuelt hjemme i sin egen stue. Og sparede miljøet for en masse forurening.

Så det var selvfølgelig derfor, der var så stille i hele byen nu, da hun gik en lille aftentur. Åbenbart som en af de eneste. Det var utroligt, så pænt og rent, der var alle vegne. Det plejede der absolut ikke at være oven på sådan en byfest. Det havde der bestemt heller ikke været, da hun selv havde deltaget med fynd og klem i det virtuelle byfest. Der havde flydt med plastic-ølkrus,

19

paptallerkner, pizzabakker, chokoladepapir, ispapir og knuste flasker overalt, endnu mere end der plejede. Og det var godt, syntes hun. Det hørte med til en rigtig byfest, det bidrog simpelthen til at sætte feststemningen i vejret, så der virkelig var gang i den, når folk fx smadrede whisky-, vodka- og andre sprutflasker ned i fortovet og skødesløst kastede en brugt pizzabakke eller øldåse fra sig. Men det var jo alt sammen virtuelt. Det fandtes kun på skærmen. Det var med i appen. Man trykkede bare på noget bestemt på appen, så smadrede man på skærmbilledet en vodkaflaske ned i fortovet, så den knustes. Eller slyngede en øldåse fra sig. Det skulle folk selvfølgelig udnytte, så der blev smadret flasker og kastet med øldåser og plastickrus og paptallerkner og al den slags i meget større omfang end ellers. Folk morede sig simpelthen enormt godt med det, og det bidrag til at feststemningen hurtigt blev banket rigtig meget i vejret. Og så var det jo så dejligt nemt at rydde op efter sådan en fest. For det var alt sammen kun virtuelt, det fandtes kun på skærmen, så en stor plads eller et helt torv kunne renses for bjerge af glasskår og

20

øldåser og andet festaffald med et enkelt tryk på en knap i festens kontrolcenter, hvorfra det hele blev styret, for sådant et var der naturligvis også.

Det er midt i maj

Det er midt i maj. Det er det der mangler. Det er minus til plus. Det er de mest mønjefarvede metalmanchetter, der mangfoldiggør sig mere mirakuløst end man troede det muligt. Det er meget langt fra Middletown og Middelfart og Manhattan.

Det er musearme der ikke skyldes malfungerende minicomputere. Det er minimale militæruniformer med mangeartede virkninger. Det er mangfoldige metamorfoser. Det er et marmorpalads på Mozarts Plads. Det er musikken der maser sig på og ind og ud og op og ned. Det er minus der bliver til plus.

21

Det er meget mere. Det er Madames magentafarvede premierekjoler. Det er megahøje metalhæle der marcherer midt ind i Magasin og meget gavmildt manipulerer deres minus til et plus. Det er mørktskinnende midnatsnætter med det meste af menuen. Det er en morskabsautomat der fungerer som den skal. Det er de muntreste drømme midt i metroen. Det er en marengsdrøm ved midnatsmiddagen. Det er madame der monitorerer musikken og blæser trompeterne et stykke. Det er mindblowing harmonisk når harmonikaernes mølle maler hukommelsen med de mest fremragende farver. Det er maj der manifesterer sig. Det er et tog fuldt af løfter. Det er moderne mindcontrol midt i maj midt i Metropolis.

Skærsommernats drøm

Ja, så er mørket faldet på, og det er blevet nat – mørk nat. Nej undskyld, det er jo de lyse nætters tid, her i juni. De er her jo allerede, så at sige lige kommet ind med firetoget, eller hvor de nu kommer fra. Men de er i hvert fald kommet. Det er de lyse nætters tid. Jeg synes nu ikke, natten ser særlig lys ud lige nu. Der er da faktisk temmelig mørkt alle vegne. Sådan rigtig nattemørkt. Men det er måske bare mig, der er i dårligt humør, og derfor er lidt genstridig, hvad sådan noget angår. Hvem. Sådan er det nemlig tit. Man har tit svært ved at indrømme tingenes tilstand. Det har jeg ofte været ude for. Det kan give sig de mest besynderlige udslag, som jeg dog nok skal skåne læserne for at begynde at remse op.

Men det var nu altså faktisk temmelig mørkt den nat, jeg taler om her, på trods af årstiden og hvad der står i kalenderen og den slags. Det er jo ikke så længe siden, så jeg husker det tydeligt. Men det virkede altså ikke

23

lige som en af de lyse nætter. Det gjorde det altså ikke. Ganske vist var det lige i begyndelsen af perioden, men alligevel. Det virkede bare som en ganske almindelig mørk nat, uanset hvad de så skriver om det i kalenderen. Det vil jeg gerne fastholde. Det virkede som en almindelig mørk nat. Ingen ville finde på at tro andet, hvis det ikke lige var, fra en skyfri himmel fordi det lige stod i kalenderen, at nu var det altså de lyse nætters tid. For mig var det ikke nogen særlig lys nat. For en lille smule stædig, det er jeg jo trods alt også, ligesom de fleste andre.

Muligvis kunne det hænge sammen med, at det var overskyet, den nat. Stærkt overskyet, endda. For det var virkelig massivt overskyet. Så det var nok derfor. Ja, altså ikke stædigheden, men alt det andet. Og dog. Ved nærmere eftertanke, så var der faktisk nogle gange en tendens til, at jeg blev lidt mere stædig og påståelig, når det var nat og trist og overskyet. Til gengæld var jeg også nogle gange lidt mere storsindet og gelassen og gavmild med mit gode humør, når det var en smuk og dejlig sommerdag, hvor solen skinnede fra en skyfri himmel. Det måtte være det, der var forklaringen. Så der var åbenbart noget om det alligevel. I virkeligheden skyldtes det hele jo bare, at natten var usædvanlig mørk af sådan en lys sommernat at være. På flere måder endda. Og det kan den altså sagtens være, selv her i de lyse nætters tid. Og det er jo ikke helt ligegyldigt, vel. Det synes jeg i hvert fald.

Og det er heller ikke bare det rene ordkløveri, som visse kritiske sjæle måske kunne forledes til at hævde. For det er jo heller ikke helt ligegyldigt, om vi befinder os i de lyse nætters tid eller ej, vel. For når den lyse nat er kommet og ligger og snorker bagved divanen eller på den nye sofa, så ved man nemlig, at nu er det altså sommer, uanset om man kan se det eller mærke det på vejret eller ej. Så ER det altså bare sommer punktum. Uanset hvad så ellers. Så ingen kan benægte det. Og her sidst i maj, og lige i begyndelsen af juni, der er det endda mere end sommer. For der er det nemlig skærsommer. Lyt engang til det ord. SKÆRSOMMER. Hør hvor smukt, hvor forjættende, hvor forførende, det ord lyder. Tænk på alle de associationer, det vækker. Det må da være den absolut bedste tid på året. Den smukkeste. Den mest løfterige. Den mest forventningsfulde. Ordet siger alt.

En skærsommernatsdrøm, skrev Shakespeare. ja, han skrev selvfølgelig på engelsk. Men det lyder næsten endnu flottere og mere forjættende på dansk, synes jeg. Måske ligger der meget mere i navnet, i ordet, end han troede. Ville en skærsommernat virkelig være helt det samme uden navnet? Jeg tror jeg faktisk ikke. Ville de lyse nætters tid være helt det samme uden navnet? Det tror jeg faktisk ikke. I hvert fald ikke, når det gælder den specielle nat, jeg taler om her.

Som sagt var det en usædvanlig mørk nat for årstiden. Men det var værre end som så. Den var for eksempel også usædvanlig kølig for årstiden. Eller kold, vil jeg nærmest sige. Det år havde det været umanerligt længe om blot at blive forår. Et koldt og vådt og blæsende forår. Og det var endnu længere om at blive blot en lille smule sommeragtigt.

Har du siddet og læst

Rilkes digte i Paris en forårseftermiddag, og det regner en ganske let finregn. Det er sådan cirka midt på eftermiddagen. En ret doven dag, feriedag selvfølgelig, hvor du har slentret lidt rundt i byen. Og nu sidder du her, på en café et eller andet sted i Paris. Udendørs, selvfølgelig, på et lille torv for eksempel. Det er jo forår, og faktisk lunt i vejret, det er jo Paris, lidt længere sydpå. Og du sidder og læser i en bog med Rilkes digte, mens du drikker en kop kaffe af den slags, du bedst kan lide.

Eller måske regner det slet ikke mere. Den lette forårsregn er holdt op, og solen er begyndt at bryde frem. Men det HAR regnet tidligere på dagen, men det er lige holdt op, gaderne er våde endnu, og hele stemningen er sådan lidt våd, lidt frisk, forårsagtig, frodig, men også med en lille snert af den blå time, som vi ikke helt er nået til endnu, men som er på vej, og som du ved vil komme senere på eftermiddagen, og som passer udmærket til hele stemningen, synes du.

Og du sidder og bliver lidt filosofisk, du kommer ind i den der afslappede stemning, hvor man føler, at det hele falder på plads, Paris, foråret, digtene, dine egne tanker om tilværelsen, og den svage jazzmusik, du kan høre, som kommer fra et eller andet sted i nærheden. Du ved ikke helt hvorfra, men det betyder ikke noget. Sandsynligvis er det nogle musikere, der øver sig til aftenens optræden. Du tager lydene ind, og bestiller en ny kaffe, for du bare blive siddende har og læse lidt og tænke lidt og nyde stemningen, en forårsdag, hvor det måske har regnet ganske let.

Kører på løbehjul til kannibalbal

I byens snævreste kløfter

Hvor alle de flotteste løfter

Om den sødeste, mest storslåede glemsel

Bliver til de mest fordækte lemme

Ned til kælderens mørke

Hvor man kun kan finde vej

Hvis man lukker øjnene

Sødedruer

Søde druer, bitre frugter, appelsin-
skalsmarmelade på morgenbrødet, kølige
drinks under eftermiddagens parasol.

Fløjlsbløde aftner, der bliver ved og ved,

opvarmerede nætter under fuldmånen, nu

hvor solen næsten ikke går ned. Plantagens

duft af solsvedne fyrretræet, når vi kommer

cyklende midt på formiddagen. Stien ned til

stranden, en revne, hvor sandet bryder

igennem det tynde græd. De gule

evighedsblomster. Små tuer af vild timian.

Sommerhusets kurvemøbler med de falmede

hynder.

Vi sidder udenfor og spiser morgenmad. Vi går

lange ture ud i aftenen, udforsker omegnen.

Vi sidder ude på terrassen og drikker kaffe

efter middagen, vi udforsker hinanden. Vi

sidder oppe den halve nat og snakker eller

siger næsten ingenting, men fortæller

alligevel hinanden alt. Vi vokser sammen og afskilles og samles igen på nye måder. Jeg har ikke kendt dig sådan før. Verden får nye former og farver. Det er længe siden, jeg har følt mit nærvær så stærkt. Ikke siden sommeren før. Men det forstår du dig jo ikke på, for da var det en helt anden dig, der var her.

Fordi det er sommer

Det var en dag i juli. Det var en dag midt på sommeren. Det var en tirsdag i juli. Sådan begyndte fortællingen. Den fortælling, hun så længe havde villet fortælle. Nu, da hun skulle til at gå i gang, var hun pludselig kommet i tvivl. Hvad var det, hun havde indladt sig på. Hun var jo slet ikke vant til sådan noget. Uden for bagte solen ned, og det var årets hidtil varmeste dag. Det havde de lige sagt i radioen. De sagde tit så meget vrøvl i radioen. Hun troede ikke på det alt sammen. Hun troede i det hele taget ikke på ret meget. Men det her var vist rigtigt nok. Det passede også meget godt med, hvordan hun selv oplevede det. Men egentlig var det jo ret ligegyldigt, om det virkelig var årets varmeste dag, eller om det kun var den næst varmeste eller måske den tredje varmeste, for den sags skyld. Hvorfor gik folk så meget op i den slags? Hun var ikke ude på at sætte nogen rekorder.

De eneste rekorder, hun nogensinde havde sat, var af den negative slags. Ting, som hun nok ikke burde havde gjort. Hvor hun ikke tænkte sig ordentligt om. Eller hun havde ladet sit temperament løbe af med sig. Dumme ting, som hun havde fortrudt bagefter. Det var hun pinligt bevidst om. Men hvorfor så gå i gang med at fortælle? Risikerede hun ikke blot at komme til at stille sig selv i et dårligt lys? Det var såmænd dårligt nok i forvejen. I hvert fald visse steder i byen, hvor hun ikke kom så meget mere. Kun en gang imellem, når hun havde lyst til at slå sig løs. Og hvis hun så fik lidt for meget at drikke. Så blev hun så medgørlig og sagde ja til alt muligt, som hun bagefter godt vidste, at hun burde have sagt nej til. Så var det overhovedet nogen god idé at gøre opmærksom på alle sine fejltagelser? var det ikke bedre at holde lav profil. Men det gad hun altså bare ikke længere! Hun ville have lov til at være den, hun var, uden at skulle være perfekt.

Fortællingen kunne jo også bruges til at stille sig selv i et bedre lys. Hvis det blev grebet rigtigt an, altså. Det var jo sådan, folk tit gjorde, når de skrev deres selvbiografi og forklarede, hvorfor de havde gjort sådan eller sådan. Eller hvis de fik en ghostwriter til at skrive den. En rigtig professionel, der vidste, hvordan den skulle skæres. Hvis det var sådan en kendt person, en politiker eller sportsmand eller noget andet kendt, som ikke selv var så god til at skrive eller til at fortælle sin egen historie på den helt rigtige måde. Fabrikkerne og butikkerne lavede jo heller ikke selv deres annoncer og reklamer, de hyrede et reklamebureau til det, så det blev gjort ordentligt.

Men hun kendte ikke nogen ghostwritere. Og heller ikke nogen spindoktorer. Det var ikke lige den slags, hun omgikkedes med til daglig. Og hun havde en fornemmelse af, at man nok skulle have pengepungen i orden, inden man overhovedet tænkte på at henvende sig til sådan en. Og ville de overhovedet interessere sig for hendes historie og det, hun havde været udsat for, når hun ikke var spor kendt for noget som helst andre steder end på en tre-fire af byens værste diskoteker og en fem-seks barer, der var endnu værre? Men hvor der dog i det mindste var en lille smule gang i den. Og måske nogle gange lidt for meget gang i den, lige pludselig, uden at hun altid forstod, hvorfor det pludselig var accelereret så voldsomt. Hun lod sig jo bare rive med af stemningen og det hele. Go with the flow, var det ikke sådan det hed! Det var jo bare det, hun gjorde! Men nogle gange kunne det altså føre nogle ret underlige steder hen, hvis man bare gik med det der flow. Det vidste hun kun alt for godt. Og alligevel skete det igen og igen. Hvorfor var det tit sådan nogle lidt for vilde og mærkelige typer, hun havnede sammen med?

Der var helt afgjort et par ting, hun godt lige ville afklare overfor sin familie og hendes nærmeste omgivelser. Hendes familie forstod hende simpelthen ikke. Der skulle næsten ingen ting til, før de misforstod det, hun sagde eller gjorde, og fik noget fuldstændig andet ud af det, end det hun havde tænkt sig, og det, hun selv syntes, det handlede om. De hæftede sig altid ved nogle helt forkerte detaljer, som jo slet ikke var det, der betød noget. Så der kunne hun altså godt lige bruge en dygtig ghostwriter eller spindoktor, der kunne hviske hende en eller anden snedig plan i øret eller kunne formulere det, så det lød rigtig flot og overbevisende, måske endda selv på hendes mor. Hun var jo da for pokker fyldt 28, men det havde de vist ikke rigtig opdaget endnu.

Hun kom tit til at dumme sig, syntes hun. Kom til at sige for meget, eller for lidt, eller noget helt forkert. Men der var nu også nogle, der var mere nærtagende over den

slags end andre. Hun kendte i hvert fald et
par stykker. Hun var heller ikke blevet gift
endnu. Hun var ikke engang i nærheden af
det. For tiden havde hun ikke engang nogen
kæreste. Det var den rene elendighed. Der
skulle utrolig meget til for at overbevise
hendes mor om at det hele var okay og helt
som det skulle være. Det syntes hun jo ikke
engang selv, at det var.

Hun var ikke særlig god til at være snedig.
Overhovedet ikke spor god, faktisk. Alle
hendes veninder og alle andre, hun kendte,
var meget bedre til den slags, syntes hun.
Hendes omhyggeligt lagte planer
kuldsejlede næsten altid på den mest
ynkelige måde. Jo mere smarte og
gennemtænkte, de havde været fra starten,
jo større var risikoen for, at kæden hoppede

af et eller andet sted undervejs. Så hvad

skulle hun gøre for at forbedre lidt på det?

Hun havde lige her for nylig læst en artikel i

et ugeblad om at man kunne forbedre sin

historie og sin fortid og dermed

udgangspunktet for sin nutid ved at

omskrive den på en ny og bedre måde. Det

var en af de der smarte

selvudviklingsteknikker, som der heldigvis

var så mange af efterhånden. Men det var

en idé, der virkelig tiltalte hende. Det var

nok netop sådan noget, hun havde brug for.

Spørgsmålet var så bare, hvordan hun skulle

gribe det an i praksis, for hun havde jo ikke

selv nogen erfaring med den slags.

Hun havde faktisk allerede besluttet sig for,

at det var det, hun ville. Det bedste ville jo

nok være, hvis hun havde en dygtig

ghostwriter til at hjælpe sig med det. En, der vidste, hvordan man gjorde sådan noget. Men hvor fandt man sådan én, og var det ikke frygtelig dyrt? Kunne man være sin egen ghostwriter. Altså ligesom prøve at lade som om man var en ghostwriter, der skulle skrive en andens historie. For ligesom at få lidt distance til det. Se lidt mere på det udefra. Mere objektivt måske. Eller nej, på den måde blev det nok bare alt for indviklet. Hun skulle da bare fortælle løs. Ud af karsken bælg, for at bruge en af hendes mors gammeldags udtryk.

Men naturligvis skulle hun finde den rigtige måde at formulere det på. Især de ting, der var lidt konfliktfyldte. Eller nogle gange ret meget, faktisk. Så måtte hun nok hellere moderere det lidt. Hun var jo ikke ude på at såre nogen, og da slet ikke sin mor eller andre i sin familie. Så et vist hensyn blev hun nødt til at tage. Men det skulle heller ikke overdrives. I hvert fald ikke, når det gjaldt dem, der virkelig havde været nogle dumme svin over for hende. De skulle få læst og påskrevet og blive udstillet for alverden, det skulle hun nok sørge for.

Bare hun vidste, hvordan hun skulle afveje det. Det var slet ikke så let. Måske skulle hun spørge Kurt fra cafeen. Mon ikke han var ret god til den slags? Det virkede som om han var ret god til al den slags. Det lagde han heller ikke selv skjul på. Ellers var der jo Gustav. Ham havde hun allerede fortalt noget af det til, også noget af det lidt mere pinlige. Ganske vist i en kanonbrandert. Han havde været journalist, ganske vist kun ved en lokalavis. Hun vidste ikke, hvad han lavede nu. Det var snart et stykke tid siden, hun havde set noget til ham.

Men det var måske her, løsningen lå.

Nu måtte hun så prøve at få fat på ham og spørge ham til råds om det. Der var meget, hun stadig var i tvivl om. Det var godt, hun var kommet til at tænke på ham. Han havde hjulpet hende med et par små ting før, og han havde faktisk været rigtig flink og hjælpsom. Han havde sagt, at hun bare kunne komme igen en anden gang, hvis der var noget.

Nu havde hun i hvert fald et sted at starte. Men der var jo stadig mange løse ender, hun skulle have hold på. Der var også nogle af de mere konkrete forhold, som hun måtte undersøge nærmere. Måske Bettina kunne hjælpe hende med det – eller måske Susanne? Hun var jo bibliotekar og havde forstand på den slags. Der var mange ting, der skulle ordnes. Men alt det måtte vente til i aften, når hun kom hjem.

Hun så ud ad vinduet igen. solen bagte ned. Det var jo også lige midt på dagen. Kun lidt over middag. Der var ikke mange mennesker på gaden. De fleste var nok på ferie. Der var i hvert fald ikke mange gæster her på cafeen. Men hvad skulle folk også sidde på en café inde i byen for, når de kunne rejse på ferie eller tage til stranden. Det var jo faktisk også derfor, hun kunne sidde her bag disken og filosofere over tilværelsen og over den fortælling, hun ville skrive. Normalt ville

43

der slet ikke være tid til den slags. Så fik hun jo tiden til at gå med det. Når der nu ikke var nogen kunder, der skulle betjenes. Hun prøvede at tænke lidt videre, hvad det næste var, hun skulle gå i gang med.

Men så kom der alligevel en kunde, der skulle betjenes. Lidt modvilligt rejste hun sig og spurgte, hvad han ønskede. Det var en mand på omkring 28. sidst i tyverne i hvert fald. Høj og velbygget. Men alligevel slank og smidig. Ikke sådan en bodybuildertype, snarere med et vist intellektuelt præg. Men ikke for meget.

Med lidt mere smil i stemmen gentog hun: "Hvad skulle det være?". og nu smilede hun endda stort. Det var ellers sjældent, at hun smilede til de mandlige kunder. De kunne let misforstå det og tro noget. Men ham her misforstod ikke noget, det var hun helt sikker på. Og måske var det slet ikke så tosset, hvis han troede noget. Der var jo forskel.

Han skulle bare have en kop kaffe. Ikke andet. Det skuffede hende lidt. Hun havde glædet sig til at servere en eksotisk drink for ham og vise ham, hvor dygtig hun var som bartender. Hun var jo først lige begyndt at træne det for alvor, for det var jo trods kun en café og ikke en rigtig bar. Men hun kunne et par rigtig gode drinks.

Da han stod lidt tøvende og så sig omkring, sagde hun, at han bare skulle sætte sig, hvor han ville. Så ville hun komme og servere kaffen for ham.

Da hun lidt efter havde kaffen klar og nåede hen til hans bord med den, smilede hun igen og spurgte, om han brugte mælk eller fløde eller sukker i kaffen. Da hun sagde "mælk", gjorde hun et lille vrid med kroppen, så det ene bryst gled fremad og udskæringens kant gled en smule længere ned. Og da hun sagde "fløde", gjorde hun det samme med det andet bryst.

Det var sådan et lille trick, hun havde lært sig, og som hun nogle gange brugte over for særligt udvalgte kunder på cafeen. Desværre brugte han ikke hverken det ene eller det andet, så de tricks kunne hun ikke fortsætte med. Det ville virke for ulogisk, og som om hun var ude på noget. Hun kunne ellers et par stykker til.

Men han var den kedelige type, der ikke engang brugte sukker i kaffen, men bare drak den sort. Så hun måtte nøjes med den gamle forslidte bemærkning om, at han sikkert også var sød nok i sig selv. Og så et ekstra stort smil. Han smilede bare et kort smil, men så i øvrigt ud, som om han havde tankerne et helt andet sted.

Så var der jo ikke andet at gøre for hende end at svanse væk fra bordet og op til disken igen. Men det var hun nu også ret god til. Så stod hun og tænkte lidt. Og så fandt hun alligevel på noget. Hun tog et stykke af deres lækreste kage, den de næsten var berømt for blandt stamgæsterne. Hun stillede kagestykket på en af de pæneste kagetallerkner og svansede meget langsomt og omhyggeligt ned til hans bord med den. Så spurgte hun, om ikke han havde lyst til et stykke af deres bedste kage. Det var på husets regning, skyndte hun sig at sige, da han så lidt undrende ud.

Han spurgte, om de da fejrede et eller andet. Ja, sagde hun med et rigtigt stort smil, det er fordi det er blevet sommer. Det er derfor. Det fejrer vi altid på den måde.

Heldigvis tog han imod den gratis kage og begyndte at spise den. Han så endda ud som om han syntes den var god. Da hun lidt senere kom ned til hans bord igen og spurgte, om hun skulle fylde hans kaffebord op, så roste han den, og hun sagde, at det var også en, som de var kendt for ude i byen.

Men lidt efter rejste han sig desværre og skulle gå. Det havde hun ikke regnet med. Han havde ikke en gang siddet der en halv time. Men da han var gået og hun gik ned til hans bord for at rydde af, så hun til sin store glæde, at han havde tabt sin pung ud af lommen.

Den lå nede på gulvet. Hun samlede den hurtigt og ivrigt op. Der var ikke ret mange penge i den. Det skuffede hende lidt. Ikke fordi hun havde tænkt sig at tage dem, men hun havde bare sådan håbet på at han ville være rig eller i hvert fald velhavende. Ikke fordi hun havde tænkt sig at slå ham for penge, eller forsøge at låne nogen af ham. Det var ikke derfor. Det hørte bare lige som med til billedet af en attraktiv og succesfuld mand.

Hendes første indskydelse var at løbe efter ham og give ham hans pung tilbage. Uden at have taget noget fra den. Eller drage fordel af den på nogen måde. Men så syntes hun alligevel, at det var for tyndt. Hun havde nemlig fået en meget bedre idé. Hans navn og telefonnummer stod garanteret på et eller andet i pungen. Kørekortet, for eksempel.

Hurtigt fandt hun det frem. Hvor var hun dum. Der stod jo ikke telefonnummer på kørekortet. Men hans navn. Så havde hun i hvert fald det. Og han havde kørekort til motorcykel, foruden til almindelig personbil. Og til lastvogn. Han var måske alligevel ret alsidig. Og selvfølgelig var der en anden seddel, hvor hans telefonnummer stod. Og hans adresse. Han boede endda ikke ret langt herfra.

Nu havde hun alle tiders undskyldning for at ringe til ham i aften og sige, at hun havde fundet hans pung, og om ikke hun skulle komme hen til ham og aflevere den. Det skulle selvfølgelig ikke være for tidligt på aftenen, men heller ikke for sent, så han var gået i seng. Mon han havde en ordentlig seng? Sådan en rigtig stor og bred og lækker seng. Det var der forbavsende mange yngre mænd, der ikke havde. De nøjedes med sådan en lille discountmodel.

Hun svansede op til disken igen, mens hun nynnede en lille melodi. Den allerbedste og flotteste melodi, hun kendte for øjeblikket. Så forkælede hun sig selv med et stykke af den gode luksuskage. Det plejede hun ellers ikke, fordi hun var på slankekur. Men hun syntes, hun havde fortjent det. Der var jo undtagelser fra enhver regel. Det vidste hun godt. Hun nynnede den flotte melodi igen. nu vidste hun, hvad hendes fortælling skulle fortsætte med. Her var løsningen jo. Nu var hun ikke i tvivl længere. Overhovedet ikke spor i tvivl.

EN RÆKKESEKSERS LYD

I DEN STILLE AFTEN

ENDNU I LAVT GEAR

LUNT KLOKKEN MIDNAT

DUFTEN AF DIESEL OG DUG

I DEN LYSE NAT

KØRER IGENNEM

MENS VEJENE ER TOMME

PARAT TIL NOGET

DÆKKENE SYNGER

I ASFALTEN / DE KALDER

DET IKKE FERIE

KØLIGE MORGEN

INDEN SOLEN TAGER FAT

SOV IKKE MEGET

DIESELOS BLAFRER

I EN LANG FANE EFTER

CHIPTUNET LASTBIL

GRØFTERNE DALRER

FORBI UDEN BLOMSTER / MEN

VI HAR DÅSEØL

TO BANER SPÆRRET

ELEFANTERNE KØRER

VÆDDELØB IGEN

HUSKER DU MIN TØS

V8'ERENS DUNKEN FRA

KASTRUP TIL HOBRO

ET UKENDT MOTEL

GAV GAVMILDT LY TIL VORES

SITRENDE LYSTER

VI FIK INGEN SØVN

VI FIK SÅ MEGET ANDET

TIL SOLEN STOD OP

FORMIDDAGENS VEJ

VI FINDER IND I RYTMEN

MOTOREN SPINDER

RASTEPLADS KALDER

KØRER IND OG PARKERER

TID TIL EN PAUSE

SERVITRICEN LER

DUFTEN AF KAFFE OG GRILL

MENS HUN SKÆNKER ØL

AFSKALLET MALING

BRANKET BIKSEMAD, SPEJLÆG

ØLLET ER TIL TØRST

UDE PÅ PLADSEN

I DET BAGENDE SOLVEJR

ER ET SHOW I GANG

TØSERNES KAGLEN

FORAN CAFETERIET

HVEM SLÅS DE NU OM

DEN AFBLEGEDE

EM AF DIESELFINKERS FNIS

PÅ RASTEPLADSEN

MOTORVEJSTOILET

HENDES PLETTEDE BLUSE

SÅ LER HUN LIDT HÆST

INGEN SEKSER NU

HUN TÆNDER EN CIGARET

UDENFOR DER MÅ HUN

DET BLEGESTE SMIL

OG ØJNENE DUGGER LIDT

NU SER HUN TRÆT UD

SER HENDE STÅ DER

HUN KIGGER OG JEG KIGGER

DET LÆNGE SIDEN

FROKOSTEN FORBI

UD PÅ VEJEN IGEN / HUN

NULRER EN HÅRTOT

sommeren steger

Inde i city og på strandene og overalt er der smeltende **varmt,** smeltende, stegende, boblende varmt, så iskagerne smelter og asfalten gløder og de unge mænd speeder op og trutter i deres bilers fanfarehorn og de unge kvinder nødtvungent (af varmen, naturligvis) tager blusen af i utide og blotter deres mest minimale bikini-bh, som alle (ikke mindst mændene) tydeligt kan se er beregnet til meget mere sjov end de pæne borgere har lyst til at indrømme, at de fantaserer om.

Og ud på eftermiddagen koger solen og den afslappede stemning og et par enkelte små dåser øl og alle sammen s i sin store gryde, måske ude i klitterne, eller måske inde på den sorteste stenbro og asfalt, eller på fortovscafeerne, eller på dansestederne eller de velfriserede forstadshaver, hvor de engang så pæne indbyggere har søgt ly under deres spraglede parasoller sammen med adskillige flasker lige tilpas afkølet hvidvin af den type, Irma har på tilbud netop i denne uge.

Og trods den lyse nat falder duggen omsider på ophedede kroppe og afsvedet græs og hidsige tanker, der kun tænker på natten som en ekstra forfriskning, en tønde fuld af brændstof, til fri afbenyttelse til ekstra hyggelige og uhyggelige udskejelser, der udfolder sig i langt flere hjørner og kroge og spalter og sprækker og skakter end nogen har overblik over, og langt ind i de sødeste drømme hos selv de artigste funktionærer, der allerede er gået tidligt i seng, fordi de skal tidligt op og på job i morgen.

Og hen efter midnat, sådan et par timer eller tre, sættes tempoet lidt ned, sådan ser det ud, men måske er det snyd, for det bliver blot mere intenst, mere indædt, velovervejet, durkdrevent, målrettet, mere insisterende, af og til næsten desperat cool – mere uundgåeligt, mere nødvendigt, med den der rytme, der går i blodet.

Og når den korte nat må vige for den lange ubarmhjertige morgen med dens skærende lys, så stilner dansene og nærkampene af, og der kravles omsider i seng, på sofa og divan og andre tilfældige steder, mens dagen går i gang, mere effektivt og velsmurt, end man ville have troet det muligt, hvis man ikke kender til morgenmaskinen, der stille og blidt tager borgerne i krave og får dem til at møde op på deres job, og når de så mødes ved kaffemaskinen joker de lidt med alt det her, og mærkeligt nok giver det dem mod og lyst til at gå tilbage til arbejdet, selv om solen bager ned udenfor.

I gadernes skrå lys

Boltrer vi os som flossede fugle

Vi æder de riges smuler

Og det de kaster over bord

Fra kaptajnens middage

Vi leger mågerne efter Titanic

Og lige inden isbjerg rammer stål af glas

Flyver vi væk og ind mod land

De siger vi er gribbe

Men vi er bare måger

Der sultne driver rundt

I byernes gader og stræder

Og skriger vores hæse skrig

Og slås om det lidt der er

Vi er kun snavsede grå fugle

Der letter når solen står op

SOMMERDRØMME

Når jeg drømmer mine sommerdrømme, kommer du altid gående ad den lille grusvej bag klitterne.

Den, der fører hen til den lille p-plads, hvor der også er et par borde og bænke.

Der, hvor et par små stier udgår fra.

Stierne, der er trådt i græsset, det tynde, sparsomme græs med de gule evighedsblomster.

En af dem fører ned til stranden, ned imellem to bugnende klitter med marehalm, hvis lange smalle blade er skarpe som knive.

Bølgerne bruser ind mod stranden, vi nyder deres lyde, de danner rammen om alting.

Vi står og nyder deres leg, inden vi selv begynder at lege.

Bagefter – eller måske er det først – går vi hen langs stranden, vi går i vandkanten med vandet, der skvulper omkring vores bare fødder.

Vi viser hinanden de muslingeskaller, vi finder, og de runde glatte småsten.

Kan du huske lyden af fiskekutterne, når de kom tøffende hjem med dagens fangst, fulgt af flokke af måger.

Husker du græsset bag klitterne, og det sted, hvor det var særlig godt at ligge.

Husker du de små totter af vild timian i det sandede græs, lige før man kom ind i fyrreskovens ozonmættede stegvarme duft.

Og de små stier mellem træerne, bedrysset med rødbrune fyrrenåle, der var så bløde at gå på, næsten som om man gik på et tykt tæppe.

Husker du de små lysegrønne knopper yderst på grantræernes kviste.

Kan du huske egernet, der ledte efter grankogler inde i skovbunden, og som standsede op og så forundret på os, inden det pilede videre.

Kan du huske den stålorm, der pludselig lå midt på stien i en solplet og som vi stod lidt og så på, inden vi gik videre og omhyggeligt undgik at komme til at træde på den på den smalle sti.

Kan du huske den lysning i skoven, hvor der var tusindvis af røde gederams. Vi stod og så længe på det, kunne næsten ikke rive os løs.

Husker du det

DET ER NAT OG MØRKT

Og månen er skjult bag skyer

Vi går ad den gamle landevej

I mørket går vi så forsigtigt

Vi træder ikke hvor som helst

Vi sætter vores ben til jorden med omhu

Vi passer på, for det er mørkt og det er nat, vi bevæger os som katte

Som sorte katte i mørket, Det bilder vi os ind

Vi lister så lydløst gennem natten

Vi vandrer gennem mørket

Som en ørken vi krydser, frem til morgenen

På den anden side af bakkerne

Vi går i den stille nat

For det er stille, det er sommer

Det er lunt og blidt, det er blødt og mildt

Vi går så forsigtigt gennem mørket

Vi lister os frem

Vi vil ikke forstyrre nogen

Ikke vække natten op til dåd

Inden vi når frem til næste morgen

Vi lister os tværs igennem

Næsten uden at blive set

Kan man overhovedet det

Men vi vil prøve

Vi vil prøve

Vi går gennem sovende byer

Forbi gårde og landsbyer

En tyr der brøler i en stald

Forskrækker os lidt

Vinden rusker i sorte grene

På et træ i et skovbryn

Blade blæser op

Der er drivende skyer tværs over himlen

En gang imellem et lille hul

Så man kan se derud, ud i rummet

67

Til stjernerne bag skyerne

Der prikker hul i mørket

Månen er ikke fremme

Og græsset på jorden er ikke grønt

Bare gråt som alt andet

Men vi er vant til det

Vi går fremad, skridt for skridt

Fremad til nattens ende Dens anden side

Ganske stille for ikke at forstyrre

Det er ikke vores projekt

Vi har de bedste hensigter

Vi snuser lidt til nattens blomster

Denne duft af sommernat og dug

Vi tror nok vi elsker det lidt

Men det er mørkt og nat alligevel

Og det vil vi ikke glemme

Det vil vi ikke glemme

Også af Henrik Neergaard:

Dovne Kenneth

eller Troen på Utroskab

Roman

En letlæst og humoristisk skrevet roman om nogle temaer,
der vil være kendt af mange, men forhåbentlig i en mere
afdæmpet form. Bogens to hovedpersoner er et ægtepar i
60'erne, og man følger en del af deres større og mindre
genvordigheder med hinanden og nogle af de almindelige
tendenser i tiden. Krydret med en hel del overraskelser og
groteske episoder, der nok vil få de fleste til at trække på
smilebåndet.

En feel-good bog for læserne, men ikke nødvendigvis for de
to hovedpersoner, der dog kommer ud af det med skindet
på næsen til sidst.

186 sider, kr. 195,-

ISBN 9788743009283

Natvilje

Roman

En mand indgår et væddemål ved en fugtig
julekomsammen. Han vædder med en kvindelig
akademiker om at han da sagtens kan skrive en bog, selv om
han ikke er spor intellektuel. Og så er han jo også nødt til at
skrive den der bog for ikke at tabe væddemålet. Bogen
kommer til at indeholde lidt af hvert om store og små
oplevelser fra hans daglige tilværelse. Og minsandten også
nogle tanker og lidt filosoferen om ting og fænomener ude i
verden og i samfundet. Ikke mindst den tekniske udvikling,
hvor han og nogle venner blandt andet er ret skeptiske over
for de selvkørende biler, for de kan godt lide selv at sidde
bag rattet og styre deres egen bil. Ellers bliver det jo bare en
slags offentlig transport. Mon der for eksempel er ret meget
ved en selvkørende motorcykel? Han siger selv, at bogen
ikke er autofiktion – ikke almindelig autofiktion i hvert fald.

160 sider, 185,- kr. ISBN 978874301491

Flyve-Havre 2

Det der skal til – Virtutiv, en ny bøjningsform for udsagnsord – Korsbæk after dark – November-digt – Lidt om ciabatta-bollens historie – Hjem fra fest – En umoralsk historie om flodsejlads – Skitse til en coronafilm – Kontoristens morgenmad - Kærlighed i kælderens tid – At forlade Ahornzonen

168 sider. Pris 145 kr.

ISBN 9788743028918

Udkommet på

Forlaget Books on Demand

Flyve-Havre Nr. 5

Nogle forskellige indspark i samtiden. Fra Windy City Ghost Town, en alternativ vindmøllepark et sted i Sønderjylland, over den nye Store Bededag, hvor det er miljøet og klimaet, der står i centrum. "Klodens og klimaets juleaften," som en af forfatterens venner kalder det. Med en økologisk og klimavenlig festmiddag, og hvad der efterhånden vil blive tilføjet af traditioner. En verdslig helligdag, alle kan samles om, uanset religion og kulturel baggrund. Når Mette F. har afskaffet den gamle St. Bededag, så må befolkningen tage revanche og selv skabe en ny og bedre Store Bededag i stedet for den, der blev fjernet – også selv om det bliver uden officiel fridag og med en beskeden start fra scratch. Rent praktisk kunne den hvert år ligge 5. juni, samme dag som grundlovsdag, hvor mange i forvejen har fri.

Desuden små noveller om lidt af hvert, en tiggersang, et par digte – og hvorfor ikke en opdateret og mere munter udgave af Shakespeares Hamlet som julekalender i TV?

44 sider, pris 65 kr. ISBN 9788743054375